La Hija del Agua

Idania Bacallao Iturria

CAAW EDICIONES

2016

La Hija del Agua

Idania Bacallao Iturria

Título original: *La Hija del Agua*
© Idania Bacallao Iturria, 2016
© CAAW Ediciones, 2016
  caawincmiami@gmail.com
Segunda edición, revisada y corregida

ISBN: 9780996204781
Ilustración de cubierta: © Narah Valdés
Diseño de cubierta: Jorge L. Álvarez

Este título pertenece al *Catálogo Yulunkela* de CAAW Ediciones.
CAAW Ediciones es la división editorial de Cuban Artists Around
the World, INC.

A José Alberto,
duende ingenuo de mis cruzadas
A Jesucristo

Acéptenme. Déjenme caminar por la Tierra a través de ustedes. Dejen que yo les ayude con esta alquimia divina. Vengan a los templos del Fuego Violeta cuando duerman por las noches y yo me sentaré a explicarles y repetirles la ciencia y alquimia de la Llama Violeta.

Saint Germain

La Hija del Agua. Libro de cuento. No editado. El universo de lo imaginado. Posee gran intensidad erótica. Con una voz alta, la autora logra fundir varios personajes apetitosos al lector. No estamos frente a un libro que uno puede dejar a un lado. Así no lo permite lo místico y sensual que encontramos en muchos de sus cuentos.

Se puede decir que *La Hija del Agua* es un gran complot, textos que, son plenas libertades y resumen, conforman este libro.

Ejemplo de ello es el cuento *La telaraña de la desnudez*, una mujer enigmática y sin clemencia a la hora de observar atentamente a un hombre desnudo. El ansia de su desasosiego la lleva a despojarse de sus prejuicios, logrando, con ello, la extrañeza de la no conocida (para ella) fantasía humana de un hombre.

En *Tras la cruzada de un loco* se quita el sueño de la verdad para llegar al mito. El cuento es la transparencia con que otra mujer encuentra (mediante meditaciones) su estado espiritual. Es esa verdad-otra en que dos personas pueden ordenar un caos, traspasar a otras dimensiones su estado anímico y de esta forma obtener la sabiduría.

Este libro reúne alrededor de doce cuentos (*San Padre, La Hija del Agua, Ana porqué. Por qué la ola, Prohibido prohibir...*), el esoterismo, el erotismo, la fantasía, lo sensual, lo poético se reúnen aquí, en sus páginas, para darle a *La Hija del Agua* ínfulas de ser un libro misionero por excelencia.

Pascual
15 de mayo del 2002, en Cuba

TRAS LA CRUZADA DEL LOCO

A la familia Medero Garduño,
voz y credo de mi esperanza.
A la memoria de mi padre.

I

María Ileana estuvo durante cuarenta y ocho horas en éxtasis frente al espejo. En sus meditaciones siempre estaba presente el deseo de descifrar su enigma. Y aunque meditaba permanentemente, jamás había logrado descubrir nada. Las meditaciones le calmaban el apetito voraz de sus inquietudes, pero la calma era temporal.

Al levantarse de su posición de relajamiento, las ideas le punzaban nuevamente el cuerpo, y, una vez más, venía a su mente el deseo del descubrimiento.

Al abrir sus ojos frente al espejo, este le devolvía una imagen de mujer renovada. Dispuesta a respirar profundo sin lamentación alguna. Apoyaba su mano, ligeramente, en el cuello y con aparente sonrisa exclamaba: estoy dispuesta a cambiar. Pero aquel balbuceo aún no tenía el ritmo necesario para despertarla de su frenesí.

Sus ojos siempre estaban detenidos, como si estuvieran intactos en la vida. Ricky y Fabricio comenzaron a sospechar que su madre estaba en una situación importante. Y decidieron no darle complicaciones, para que la llama del espíritu no se le extinguiera. Aun así, María Ileana seguía introducida en un mundo de constantes preguntas sin respuestas. Ausente de lo real.

Sus delicadas manos se posaban sobre su plexo solar. Indicando, con esto, que Fabricio y Ricky debían estar distantes para cuando ocurriera lo que ella llamaba: su descubrimiento natural en la Madre Tierra.

Tanto Fabricio como Ricky no veían ningún acontecimiento nuevo en el alma de su madre. Pero no se disgustaban por ello, pues también se habían acostumbrado a esperar el fenómeno del descubrimiento. Y decidieron entretenerse en el estudio del ajedrez. Esperaban un posible desenlace.

II

Cuando estoy agotada, con la mirada infértil, me siento debajo del naranjo del patio. Primero, busco la explicación de mi agotamiento sin exasperarme. Hago un balance de flores nacidas y hojas secas en el suelo. Después, borro con una ceremonia los errores cometidos. Apoyo mi mano derecha, fuertemente, sobre mi ombligo y grito bien fuerte. No importa que los demás me escuchen, seguro que ellos también tienen su ceremonia de despegue.

Cierro los ojos e imagino que una esfera brillosa sale de mi cabeza y gira a gran velocidad alrededor de mi cuerpo. Algo que desconozco comienza a sedarme. Una paz se siente ante mis ojos y cuando noto que mi mirada se ha endulzado, abro los ojos poco a poco. Esta es la parte de mi ceremonia más libre, a medida que mis pestañas se abren, una silueta de mujer se presenta ante mí. No habla, nunca habla, solo se limita a observarme. En sus ojos hay un instinto curativo, una ley feliz que me aquieta. Comienzo, entonces, a sentir vergüenza y bajo los párpados, no por temor, es por una fuerza desconocida. Algo que es tan puro, que tiendo a imitar la soñolencia, y digo tiendo porque es una condición obligada.

La mujer no tiene aspecto diabólico, más bien, su aspecto es angelical. A tal extremo es su presencia angelical, que muchas flores nacen debajo del naranjo cuando ella se presenta.

Puedo asegurar que cada vez que llega, viene a socorrerme, entonces, mi ceremonia se convierte en una religión. Las mismas razones que necesito para arrancarme el agotamiento, ella las trae, resucitando, con ello, mi deseo de ser pacífica. En lo que se refiere a su ascendencia, puedo decir que la desconozco, pero, compensando mi observación, diría que es ilustre.

III

¡El pueblo está maldijo! ¡El pueblo está maldijo! La voz oscura y potente de Tupy el loco se deja escuchar por las calles. Una colmena de chiquillos lo acompaña con gritos y algarabías. Mi mirada siempre se estremece cuando lo ve, es algo incontrolable, algo que quisiera arrancarme porque es miedo y el miedo es decadencia y enfermedad.

Pero en el fondo de mi alma sé que no es tanto miedo como concordancia. Porque Tupy el loco dice la verdad cuando grita, y yo estoy muy de acuerdo en que este pueblo está maldito. Lo que sucede es que nunca me he atrevido a decir lo que siento, ni mucho menos, las premoniciones que me acribillan la mente cuando paseo mis ojos sobre las calles oscuras y húmedas de este pueblo que se estremece a cada momento por sus nuevas tragedias. Tragedias que son malignas y que penetran los troncos de los árboles, para hacerlos caer sin vientos y sin lluvias.

Tupy sale los viernes con su guayabera blanca cernida de huecos. Los muchachos le caen detrás con toque de latas, como si fueran a una procesión que busca el nuevo anuncio del maleficio. Y no demora tres horas, después de su salida, para que un árbol se derrumbe y se incendie media cuadra de casas en el pueblo.

Al principio, la policía lo capturaba, esto era sin resultado porque en la celda, Tupy el loco pronosticaba. Y mientras que sus gritos de: ¡el pueblo está maldijo¡, seguían en aumento, otra y otra desgracia ocurría, hasta que por fin se decidió no capturarlo más.

Tupy nunca fue loco, solo era un hombre curioso, observador. Pero desapareció del pueblo, una noche en que un circo traía la actuación de una mujer culebra. Se enroló con los de la carpa para saborear más cerca a la mujer, que reptaba por encima de las gradas y las lonas del circo.

Durante muchos meses no se habló más que de aquella desaparición. Y se contaron horrores sobre Tupy y la mujer culebra. Que lo había mordido y se desangraba sin auxilio de nadie; que sus órganos genitales colgaban en la puerta de un carromato; y, sobre todas las cosas, que la mujer culebra era una gitana hechizada por un negro africano.

Y no fue hasta un año después de su desaparición, que Tupy regresó al pueblo, pero no era el mismo que se había marchado. Ahora conversaba mucho y sin parar, pero su conversación no fluía, eran solo palabras inconexas.

Ahora, después que la última casa de la cuadra fue apagada, lo siento tan cerca que me estremezco. Quiero mirarlo, siempre he deseado mirarlo así de cerca, pero mis ojos tiemblan. Tupy el loco es mi enigma, es mi deseo de abrirme paso hacia el misterio de lo divino.

Me mira, me siente, y está por asesinarme. Sin discreción y con la mayor destreza del mundo, arrastra mis sentimientos hacia su desconfianza, olfatea mi existencia y queda mudo por un segundo. Con un cinismo desmedido coloca su boca en mi oído y me susurra: ¡este pueblo está maldijo!

Soy su instrumento. Su único objetivo es que yo sepa que él es mi enigma, mi prenda perdida en el Universo. Ningún poder lo iguala. Su pujanza hace que yo pierda la capacidad del sentido y caiga en un torbellino obligado, que me atosiga hasta lograr brutales pensamientos.

Su significado es mortífero, dirige su ímpetu a mis ojos y quedo elevada a una dimensión que desconozco. Una dimensión repleta de mujeres en éxtasis que solo perciben el movimiento en espiral de una serpiente. Es el desorden lo que lo inspira, y en su mente me asesina, aproximándome a una división donde mi espíritu queda multiplicado ante una mujer de poderío. Solo desde mi yo superado, puedo ver y sentir a la mujer propensa a resucitar el maravilloso paralelismo de estar transformada, yo también, en otro cuerpo y en otra alma.

Estoy asesinada y sigo sin mucho esfuerzo la mirada de Tupy detenida en mis ojos. Estoy con un cuerpo y un alma formando un eclipse. Estoy cara a cara frente al equilibrio de mi interior. Estoy decretada a dejarme desgarrar por obsesión. Y, precisamente, esta es la causa: estoy, estoy... pero no por efecto, sino por equivalencia.

Ahora Tupy es mi directriz interna, la alineación de mi repertorio individual. Los puños agrandados, los dedos desiguales y mi muerte. Una muerte de emergencia, que nace de una provocación donde todo se deforma, para que yo pueda adentrarme en una dimensión libre, para que yo pueda conocer la verdadera mujer convertida en volcán.

Sin perder el control, sin decir, tan siquiera, yo he muerto, Tupy se extiende dentro de mi alma y me demuestra su tentación, su cristianismo con culpa. Su culpa que se suma a mi cuerpo, una culpa capaz de sojuzgar y excederse para que yo no contemple las flores del naranjo del patio y sí medite mis recelos y mis temores, en un lugar desconocido y delante de una mujer enraizada.

IV

El tablero de ajedrez comenzó a moverse ligeramente y las piezas fueron cayendo al piso. Los ojos de Fabricio estaban embelesados mirando al loco que estaba en la ventana. Ricky quiso alejarlo, como su madre le había enseñado, ofreciéndole el bien y no gritos ni maldades; pero el loco no se separaba de la ventana y con el dedo índice hacía señas para la habitación de María Ileana, que en silencio se mantenía cerrada. Los ojos del loco iban del patio a la casa y viceversa. En un momento, comenzó a frotarse las manos una contra otra y a emitir gritos por lo bajo, como si temiera despertar a alguien. Los gritos comenzaron a elevar su tono y ya se oía claramente: ¡la casa está maldija!, ¡la casa está maldija!

Fabricio dejó de mirar fijamente al loco y se escondió debajo de la mesa, que, aunque temblaba, era una buena cobija para no verlo. Ricky esperaba para ver si se iba sin tener necesidad de echarlo, pero el loco brincó por la ventana y se acurrucó junto a Fabricio, debajo de la mesa, cantando muy por lo bajo: ¡la casa está maldija!, ¡la casa está maldija!...

Desde mi posición, puedo ver a Tupy el loco y no logro correr, quiero quitarme estas manchas de tierra que ahora tiene mi cuerpo, pero es algo quemado que no logro eliminar. Fabricio y Ricky están más asustados que yo, se abrazan debajo de la mesa mientras Tupy une las cuentas de un collar rosado, sin dejar de cantar su estribillo.

El silencio sigue detenido, como si estuviera convicto dentro de las paredes. Tupy el loco trata de desenmascarar el enigma de María Ileana y se alza derecho a su conquista. Cuando mi cuerpo se adapta a la sombra, lanzo un alarido pensando engañar a Tupy desde la posición en que estoy. Pero el loco no vaciló ni un segundo y como si sus derechos fueran concedidos, sus pasos se encaminaron hacia el cuarto de María Ileana.

Ya cuando su mano empuñó el picaporte, un estallido muy fuerte hizo detonación dentro del cuarto, y todo quedó transparente: las paredes, las puertas, las cortinas... Tras la transparencia, un humo rosado comenzó a salir del cuarto.

Yo deseaba, en ese momento, eliminar las manchas quemadas de mi cuerpo y salir, de una vez y por todas, de aquella fuente de magia, pero el delirio del espíritu de mi padre enunciaba su religión. Entonces, en ese momento mostré mi verdadero deseo: estar debajo del naranjo del patio.

Acuclillarme allí y gritar con mi mano apoyada en el ombligo, para después encontrarme en la dimensión de la mujer curativa, y saber que me socorre de este miedo que ahora tengo porque Tupy el loco ha desaparecido, y solo está la seducción del espíritu de mi padre rondando mis palabras y mis deseos.

Pero estoy a la deriva, sin identificarme, como si la infinidad hubiera llegado con la transparencia del humo rosado. La desconfianza me cierra la boca y no puedo gritar por Fabricio y por Ricky, para que salven a su madre de la resonancia espiritual que hay en la casa.

Y ahora veo mejor que nunca a mi padre, recortando sus homéricas alas para ponerlas sobre el cuerpo desnudo de María Ileana, que aún sigue en su posición de éxtasis, como si los cristales de los espejos no le hubieran herido sus brazos y sus piernas, como si el humo rosado no saliera por su boca, como si la infinidad de su espíritu no estuviera en sus pensamientos.

Y es inaudito que no encuentre a Tupy el loco, pero en toda la casa no está. Es como si hubiera salido de la vida, junto a la cortina de humo que se desprende por las ventanas y las puertas. Mi padre me hace señas para que haga silencio y olvide a Tupy, entonces quedo taciturna, observando sus movimientos y sus gestiones para atraer a María Ileana a la vivencia de la casa. Las manos de mi padre palpan con delicadeza el plexo solar de María Ileana y reza unas oraciones desconocidas.

Ella se estremece varias veces y vuelve a caer en el vacío.

Ricky y Fabricio observan desde lejos, con el collar rosado entre sus manos. Creen guarecer a su madre con sus cuentas. Miran al espíritu de mi padre y se sienten cobijados, como si en ese momento no hubiera peligro alguno para ellos ni para su madre.

Yo sigo con el ansia de correr, de arrancarme del cuerpo todas las marcas de tierra, pero no lo logro. Por mucho que me esfuerzo, siguen profundas como si estuvieran despiertas sobre mis poros. Le he gritado a mi padre pidiendo su socorro, pero está en éxtasis, dormido profundamente con sus manos apoyadas en los pies de María Ileana. Y aquí, donde me encuentro, he comenzado a probar el sentimiento de la soledad. La melancolía es mi única periferia. Si lograran sacarme de este encierro donde Tupy me ha dejado, pero mi padre demora sus rezos y meditaciones sobre el cuerpo de María Ileana.

V

Ernesto se queda indeciso ante el humo rosado, observa cuidadosamente todo en la casa. Cuando sus ojos tropiezan con el cuerpo desnudo y desmadejado de su hermana, se siente desfallecer, pero el espíritu de mi padre le coloca fragancia de sándalo en sus tobillos y rápidamente se restablece.

Ahora, Ernesto hace lo mismo que mi padre. Se sienta frente a María Ileana y, logrando un plano superior, alcanza su espíritu. Los dos se observan y se comunican algo que no logro entender, pero que tiene que ver con la faceta de estadía de Ernesto, pues este ha quedado en una quietud que indica que toda decisión es cierta.

Me incorporo, pero siento la ausencia de mi cuerpo. Un gemido se asoma a mi boca y lanzo mi desacierto sobre el deseo profundo de Ernesto. Lo veo como se palpa los dedos en una gracia viviente y, con una actitud armoniosa, vuelve sus ojos hasta donde estoy. Quizás, mi dolor lo despierte de su sueño, pero estoy de huésped del silencio y esto es un signo sombrío, algo que aún él desconoce.

Como si Venus se encendiera, María Ileana comienza a abrir los ojos. Un aura de vagos paisajes se dibuja en sus pupilas. Sus labios, ahora húmedos, balbucean inquietas palabras, como si la voz descargara los rigores de algún encuentro. La escena es un acto de piedad.

Ricky y Fabricio dejan su escondite y se lanzan a los brazos de su madre, que, aún con soñolencia, los recibe, colocando sus brazos extendidos como si pidiera, con este gesto, el perdón por su partida.

Como un ojo de fuego y, a la vez en calma, el espíritu de mi padre y el de Ernesto relampaguean, dejando en la penumbra de la casa unos diminutos rayos furtivos, encadenados a mis ojos.

Ahora todo es oscuro, como si me hubieran depositado en una urna bendita, donde los encantos celestiales eliminan las manchas de tierra de mi cuerpo. Siento que voy descendiendo y que una claridad inmensa hiere mi retina. Poco a poco voy acostumbrándome.

Escucho un silbido muy fuerte, escapando del sendero donde estoy, tras el silbido unos labios suspiran.

A su despertar estoy unida. Una voz promueve y logra mi regreso. Las palabras se nos aglomeran y María Ileana extiende sus manos hasta mis manos, en busca de la ternura que le falta para descubrir el enigma...

LOS ESTRAGOS DEL ÓLEO

> La tribu de los solos se reco-
> noce en el silencio de la desnudez.
> Mario Benedetti

A Violeta no le preocupa que Carlos la vea desnuda. Carlos está habituado. Violeta tiene un estudio con un memorándum en la puerta: «solamente desnudo».

Violeta es pintora. Pero hoy no tiene el día muy apetecible. Tiene una propuesta inaudita. Pintar su vulva. Lleva meses con la idea. Hoy trata de llevarla a efecto. Una vulva sufrida y sonriente. Caso inaudito, no es cierto.

A menudo, Violeta deja de pintar y se coloca a distancia del óleo. Verifica si la pintura tiene los rasgos y la viveza que desea. Violeta no está conforme. Deja a un lado los pinceles y se aprieta la cabeza.

A Violeta hoy no le interesa si Carlos está vestido. Aunque no le cabe la menor duda que tiene la ropa puesta. Violeta se mortifica.

Carlos conoce las leyes del estudio. Pero Carlos es un demonio de complejo. Violeta lo reprime, pero él la desobedece. Violeta se agobia. Pero hoy Violeta no está para esos asuntos y se tiende en el sofá a mirar el óleo. Violeta está desconforme.

¡Eso!, dice Violeta. Y busca un espejo. Carlos no entiende y la persigue para ver la solución que Violeta le dará a su pintura. Violeta y su espejo se tienden en el diván. Esta vez, en una posición bastante erótica.

A Carlos no le interesa, en absoluto, el cuerpo desnudo de Violeta. Carlos vive enamorado de las pinturas que dibuja Violeta. Carlos es el ayudante perfecto. No molesta. No estorba. Carlos es el ejemplo fiel de un crítico de arte. Esto es lo que odia Violeta.

Violeta y su espejo. Carlos y su posición de centinela. Se acuesta Violeta en el diván. Entrecruza las piernas y se apoya el espejo entre las mismas. No olvidemos que Violeta no permite a nadie vestido en su estudio. Le trae mala suerte. Mal augurio.

Qué pretende Violeta. Solo mirarse. Violeta se mira la vulva. Violeta no es pornográfica. Violeta es pintora. Por eso, Violeta busca el mejor acomodo para el espejo.

Los amigos de Carlos le preguntan qué siente cuando ve desnuda a Violeta. Carlos nunca contesta. Serán amigos de Carlos. Una genial pregunta. Pero no hagamos conjeturas.

Carlos es lo que es. El ayudante de Violeta. Aunque algunas veces Carlos se convierte en, algo así, como un incitador de las obras de Violeta.

Pero volvamos a Violeta y su espejo. Ya dijimos que Violeta busca un mejor acomodo para el espejo. Al fin lo logra. Se analiza, cuidadosamente, su vulva. Qué encuentra Violeta que se levanta automáticamente y comienza nuevamente a pintar. Aún no se sabe.

Violeta es un pedazo de animal cuando está pintando. Que nadie moleste. Solo Carlos. Pues Carlos es el ayudante perfecto. No lo olvidemos.

Pero Violeta aún no encuentra la visión de su vulva. He ahí el error de su cuadro. Falta mirada en el óleo. Violeta ya casi la encuentra. Veremos.

La ciudad se ha preguntado porqué Violeta pinta desnuda. Eso solo lo sabe Carlos. Carlos conoce todos los secretos de Violeta. Pero Carlos tiene un amigo al que le cuenta el porqué del porqué de Violeta. Eso tiene mucho que ver con la personalidad de Carlos. No la averigüemos.

Violeta deja de pintar nuevamente. Busca el mejor ángulo para mirar la pintura. Aún le falta. Violeta se desespera.

Violeta lleva una cinta roja atada en la frente y otra en el tobillo. ¡Joder!, dice el español que anda con Violeta cuando la ve con disparatado atuendo. Disparatado para él, no para Carlos. A Carlos no le gusta el español. Carlos prefiere una española.

Violeta mira a Carlos. Carlos está vestido. Su mal augurio. Carlos recibe una sola mirada de Violeta y se desnuda. Violeta está conforme.

Violeta tiene que hacer algo porque se le va la pintura. Violeta está desnuda. Y ahora, Carlos también está desnudo. Eso lo sabemos. Desconocemos porqué Carlos se convierte en incitador.

Violeta pretende excitarse. Vuelve a colocar su espejo en posición de observador. Mira hacia Carlos. Violeta pide su auxilio. Carlos no entiende de esas cosas. Violeta lo sabe. Pero Violeta cree que si Carlos la ayuda en su estado anímico, logrará la pintura que desea. A Carlos no le queda más remedio. Violeta puede tomar represalia. Carlos no puede perder la oportunidad de amar la obra de Violeta.

Carlos accede. Se sienta al lado de Violeta. El dedo del medio de Violeta toca con delicadeza su clítoris. Violeta se anima. Carlos ha enrojecido.

Violeta quiere que Carlos libe sus pezones. Carlos actúa. Con su boca carnosa le lame los pechos a Violeta. Carlos siente repugnancia.

Violeta mira al espejo con frenesí. Violeta está desnuda. Carlos está desnudo. Eso lo sabemos. Lo que no sabemos es qué hará Carlos si Violeta tiene otros apetitos.

Violeta se anima. Coloca la cabeza entre las piernas de Carlos. Violeta se apodera de lo poco masculino que tiene Carlos. Carlos llora.

A Violeta se le ha olvidado el espejo. A Carlos se le ha olvidado su personalidad. A Carlos nunca le había sucedido esto. Carlos goza. Violeta pide.

Carlos y Violeta miran hacia el óleo. Dos gotas amarillas ruedan por encima del lienzo. Violeta ríe. Carlos trata de sujetar el espejo que ha rodado. El espejo se rompe. Carlos es un torpe.

Violeta convulsiona sin quitar el dedo de su posición de deleite. Carlos también convulsiona. A partir de ahora, Carlos se hará una prueba de conciencia. Carlos ha perdido su personalidad.

Violeta mira a Carlos. Carlos mira a Violeta. Ambos sonríen. Violeta se detiene ante el óleo. Carlos le alcanza la paleta. Carlos le alcanza los pinceles. Violeta pinta. Carlos observa.

La vulva alcanza los estragos del óleo. Violeta termina de pintar. Carlos se ha enamorado de la obra de Violeta. La vulva los mira, satisfecha. Carlos no repite su prueba de conciencia. Violeta es premiada por su obra.

UN CONSUELO BASTARDO PARA MIS GUSTOS

> ¿Qué dices, qué eres, qué aguardas?...
>
> Roberto Friol

Huelo el recinto. Un silencio penetra mi cuerpo. Alzo la vista. M* está dentro de su caja de vidrio. Sus ojos hierven. El frío del aire acondicionado se cuela como un demonio dentro de mis poros.

El custodio me observa, es el único que tiene su pistola en el lado izquierdo del cuerpo. Los demás tienen sus armas en los ojos. Me desnudan.

M* expulsa flores encima de mi boina. M* está enamorada de la boina. Yo estoy enamorada de sus senos. No pienso canjear. Ella, quizás, tampoco piensa canjear.

Camino sobre las losas pulidas del recinto y mi éter se confunde con las armas. Todas están dispuestas, reservadas para cambiarle el color a mi boina. M* está a la expectativa. Quizás lucha. Una lucha con el cuentamonedas que tiene sobre el mostrador de su caja de vidrio. El cuentamonedas la repudia. Necesita mantenerse estable. M* no lo logra. Sus nervios danzan.

Detengo los pasos. La caja de vidrio me espera. M* cierra su escotilla con la espalda del cuentamonedas. Toca sus labios con la punta de los dedos. Se mira en los cristales. Me mira a través de ellos. Estoy fría.

Para mi tranquilidad, Marianela está conmigo. Y cuando ella está, siento que mi cuerpo se guarece. Que no hay quien queme entrañas sobre él. Está y lo ve. Porque ella ve mucho más que las paredes, que las losas pulidas que nos sostienen. Y cuando ve, se encierra y agita las pestañas, quizás buscando que desaparezca mi éter. Este éter que es un instrumento espiritual. Algo que ni yo misma sé explotar, pero que explota, que sale como una religión. Entonces, mi frialdad comienza a ceder, y se me hace el espacio más pequeño y hasta más caliente, porque ella está. Y cuando está, su signo de fuego también explota. Entonces, me aglomero y dejo a un lado las armas y las epidemias de la visión.

Y hasta la mirada de M* se pierde, se esconde, porque se siente azotada, sin lumbre para renacer. Como si estuviera fuera de su caja de vidrio y no encontrara sus zapatos, ni encontrara sus calles. Porque Marianela la ve. Y lo ve todo con tanta candidez, que M* se dispersa, se ahuyenta de mi boina. Y habla, y gesticula del nuevo peinado de la moda, de los esfuerzos del tiempo, de sus exigentes reglamentos. Pero Marianela sabe que M* se castiga si no mira mi boina, y sus dominios van más allá de la palabra y le guarda el mayor silencio para que M* descargue y se descargue.

Entonces, me siento un algo exclusivo. Mucho más cuando el custodio con su pistola al lado izquierdo del cuerpo se deja acariciar su barbilla. Y como un herrero que a golpe de horno forma su pieza, yo formo su consuelo. Un consuelo un poco bastardo, para mis gustos, pero que merece, porque también permite que mis caderas le acaricien la culata a su pistola. Y la siento fuerte, viril, con una obediencia femenina que me asusta, pues la he comparado con una mujer bisexual, iniciando sus cruzadas en cualquier sexo. Como si lo segundo fuera mejor que lo primero, o lo primero fuera más rico que lo segundo.

Nunca he podido ver los labios de Marianela, ni los senos de Marianela, ni los ojos de Marianela como veo los anuncios del cuerpo de M*. Será porque no existen, porque no están. O porque ella es simplemente mi Muriel. Ese ángel velador que me guarda a toda hora. Y aunque yo conozca que Marianela vive perdida dentro de mis boinas, mis sombreros, mis encantos, jamás he podido canjear todas estas cosas mías por sus senos.

Digo que no puedo, porque simplemente ella es también la muchacha de Carlos Varela. Esa triste muchacha que se rayó su cuerpo con un tatuaje de amor porque no le dejaron sitio.

Y Varela no es de los que se confunde ni huele mi éter, para saber por dónde anda mi osadía. Él conoce, quizás más que nadie, que soy del *Muro de los Lamentos*, y que es allí donde escribo mis grafitis. Además, Varela también quiere pintar para sentir su alma, y esto es algo. Algo que él y yo solo conocemos. Es su monumento a los grafitis.

Ahora, Varela no está ante la caja de vidrio de M*. Ni escucha la santa rebeldía de esta porque Marianela está a mi lado. Pero me hubiera gustado que se presentara con sus mejillas de loco armónico y su felicidad cristiana, para que sin cautela le hiciera, en mi nombre, un guiño a la falda de M*. Esa falda que, de repente, se ha convertido en una catedral que no permite otra conquista que la mía. Pero yo no puedo decirle. Yo no puedo hacerle, porque todos tienen sus armas en los ojos y esto me aterra.

A tal extremo es el terror, que a Marianela la convertimos en ese medio de sendero entre dos extremos. Y ella lo sabe porque lo ve. Como ve que M* es una luz que se opaca cuando estoy con alguien. Aunque ese alguien sea la medida exacta de mi propia luz, de mi propio amor. Pero M* no lo conoce, como tampoco conoce por las tantas y tantas pieles que Marianela y yo hemos atravesado, para agrietar la nostalgia.

Esto solo lo conoce mi buen amigo Varela, que con su cuadrilla de perros se ha marchado, para dejarnos con unos tatuajes santos en los tobillos y unas viejas volantas para su espera.

Y ya Marianela está cansada. Porque ve que está en el medio. En el medio del vidrio, en el medio de las losas pulidas. En el medio mío sin el medio de ella. Y enfila sus ojos hasta los míos para calmarme.

Así me deja llevar los viejos pergaminos que tiene M* exhibiendo en su caja de vidrio, para que me sosiegue y mi cuerpo vuelva a sumirse en la paz de otro tipo de silencio. Pero yo no me quiero marchar. Yo no quiero salir de esa acuarela de vidrio donde M* se aquieta, porque sus ojos dicen más que los rumores de la banqueta donde se sienta. Y me hago la mansa, la que encarna la Divina Providencia, para así estudiar a cuántos pasos me queda el custodio con su pistola al lado izquierdo del cuerpo. Ya Marianela me ha comprendido y se embriaga dentro de mi mansedumbre, pero jamás sospecha que mis ojos ya no están sobre la caja de vidrio de M*, y sí sobre la pistola.

Sé que he embriagado al custodio, con esta inmensa cantidad de éter que revoluciona mi espíritu. Y lo curioso es que él también ha olvidado su arma al lado izquierdo del cuerpo y se mezcla con el color de mi boina. No sé si por mis espejismos o porque también M* se ha aliado a mi campo de sensibilidad. En este caso, Marianela diría que se queda con las segundas partes, aunque no sean buenas, pero que, sin ser buenas, sirven para sacudir la crisis de insulso que repleta al recinto. Pero Marianela, esta vez, no ve, no escucha.

Estudio la profundidad a la que tengo sometida al custodio. Me separo de la caja de vidrio de M*. Marianela recupera sus sentidos leyendo, un poco alejada, los pergaminos que abundan en el recinto. Ella está totalmente ausente del paraíso que nos envuelve.

Busco la salida de este laberinto, acariciando suavemente la barbilla del custodio. Él jamás puede creer en escamoteos, ni en malos sueños, cuando estas dos manos, con una maternal fragancia, lo acarician haciendo que olvide hasta el lugar donde está. Lo curioso es que M* es la única que siente mi percepción animal y se agazapa detrás del cuentamonedas.

Tranquilo, y como un inocente más, el custodio siente una serenidad de seda que lo deslumbra. No sabe que puede ser sobornado. No sabe que lo amargo y lo inconstante le puede llegar con mis manos. Y su perfume es el de una muchacha que se evade con su amante. Y su pistola al lado izquierdo del cuerpo es mi boina. Pero no en la cabeza, sino entre mis manos. Sin dolencia, sin tumulto. Solo mía en el hueco de mi mano. Sin que nadie medie, como si la presencia de todos estuviera soterrada para siempre en el recinto.

No hay caricia más suave que la culata de esta pistola. Y es porque la siento como uno de los senos de M*, que encontrándose desprotegido, se guarece entre mis manos. O porque es la misma M* que se ha salido de su miedo solidario para llamarme fiel, para plegar sus labios a mi acto de crucifixión.

Ahora nadie me ve. Nadie está atento. Soy insobornable con la pistola y la boina. Soy la desnudez de todos, soñando con otro sitio, con otros horizontes donde no medien los vidrios. Donde solo M* esté.

El oído silba. Los labios pronuncian. El aire frío perfuma. La pistola anuncia. Mi boina en los ojos taciturnos de M*. Resolviendo mi último intento de esperanza. El custodio con la promesa de la semilla seminal en los labios. Los demás ausentes. Habituados así a la sombra.

La pistola deja su anuncio y se alza. Marianela desconcha las esquinas de un pergamino. No escucha. No ve. La sabiduría dentro de mi cabeza desnuda. Mi boina en el oscuro cañón de la pistola. Escudriñando su muerte, asumiendo los secretos de Varela, soplando los comentarios de los demás. La tierra sin sus losas pulidas. Y M* protegiéndose con rezos. Sin vidrio, sin cuentamonedas. Sola. Muy sola, y con mi boina herida dentro de sus senos...

AHORA LLORO COMO MUJER

A Eida Moya: doctora, artista

La puerta no existe. Quizás, el aire la haya golpeado tan fuerte que las bisagras tampoco existen. Solo sus huellas quedan en el lugar.

La cama me ha quedado tan cerca de donde estuvo esa puerta, que puedo muy bien tocar los agujeros que las bisagras dejaron en el marco.

Estoy en un cuarto. Un cuarto mío, porque he tenido que adueñarme de él. Pero es un cuarto sin puerta. Cualquiera puede llegar y alcanzar mis sábanas. No existe nada que lo obstaculice. Un cuarto donde se pudiera dormir. Porqué hablo de dormir si estoy en un cuarto sin puerta. Un cuarto donde lo único que se respira es el color blanco. Donde no existe el sueño. Sería bochornosa esta palabra en este lugar. Digo bochornosa por dolor, con dolor. Los olores que llegan, que se confunden. Un solo aroma de tantos y tantos disueltos en el cuarto. Morfina, éter, alcohol, sangre, saliva. Un olor sin rincones porque su escenario es amplio. Un aroma que arrastra viejas y nuevas canciones sin sentido del ritmo. Y yo con un título especial colgado en la cabecera de mi cama.

Yo esperando, quizás con rebeldía, pero esperando. El dolor abarrotado, bullicioso, estrecho. Lo escupo y grito que me alquilen un tren para volver a París. Quiero andar nuevamente sus calles. Ahora con una adecuada salud. Y pasar del opio que fumo por insomnio a otra droga que me haga vender el sol sin disimulo, sin miedo, sin dolor.

Pero mis gritos son canciones de Arjona, rezos de yogui espiritual, angustias disimuladas, exigencias de mi vida bohemia. Y no existe tren, ni existe París, ni existe droga: solo el blanco. Las paredes blancas, los cuerpos blancos, las camas blancas, las manos blancas. Y mi cirujana con su uniforme blanco. Tan blanco como el cálido clima de Ibiza en los tiempos en que yo fumaba la marihuana sin escrúpulo, sin cumplido, sin dolor.

Y mi cama como un negocio mal comprado. En un lugar donde no se puede cerrar la puerta, porque la puerta es una puta aristocrática que no le gusta el cálido clima de Cuba. Mi cama que es una admiradora más de lo que escribo, y que ahora acribillo con vómitos, drenajes, dolores, salivas y sangramientos que revelan el carácter urgente de mi cuerpo.

La mano del poeta se aferra a los contornos fríos de la cama y se hace el elegido. El que come pureza y madurez para no tener que llorar, porque el poeta es una mujer con un tremendo dolor de inocencia. Como el dolor de un niño ilegal que en su vientre ya no puede agradecer, porque se ha tenido que quedar sin avance. Porque verdaderamente no es un niño ilegal, sino un síndrome ilegal que mortifica a la poesía. Y que ahora llora como mujer, por dentro, para esconder su impureza. Y que no solo llora para esconderse esa impureza, sino para andar abstracta y darle sus únicas claves a su cirujana, que desde tiempo la observa para decirle: esta es una experiencia más vivida.

Yo no quiero que me vean acusando al hombre que quitó la puerta. No quiero. Ojalá esos cuerpos vestidos de blanco no estén. Pues voy a seguir maldiciendo siempre estar en un cuarto tan libre, en un cuarto sin puerta. Y solo con seis huellas de bisagras mirando hacia mi cuerpo. Como si mi cuerpo fuera una cena ya pagada. Y, quizás, esta persistencia mía esté equivocada, quizás hasta el hombre sea una equivocación. Lo que sí no está equivocado es este dolor. Este dolor que cuenta bajito, muy bajito: la rabia, la tristeza, la angustia. El dolor que es una fusión del ying-yang. Una carga de represión brutal, un sitio argentino donde se canta un tango con lágrimas.

Y existe una manera que pocos creen, y es ese arte de herir para aliviar. Para no gritar más bajito, para no escupir más tristezas. Porque escupir las tristezas son reclamos. Y yo no ando de reclamos ni de escondrijos. Yo ando de felicidad. Mucha felicidad, aunque llegue con heridas al alivio de mi vientre.

Aquí el único que puede descubrime es Camilo. Porque Camilo es un coyote y no una dama de tacones rosados. Camilo no es como los demás, que se esconden en otros cuartos junto a mujeres llamadas Esperanza. Mujeres honradas, mujeres sinceras, que de tan nobles son Evas destrozadas. Camilo es el hombre que quitó la puerta, eso lo aseguro. Desde el primer día me conformo con su disfraz blanco, porque el desdén de su cuerpo no dura más que el tiempo necesario.

El poeta se niega a aceptarlo, porque no quiere seguir descubriendo las otras vocaciones de Camilo. Y se dedica a la nueva canción de Ricardo Arjona. Porque la vocación de Arjona no se esconde dentro del confesorio, como Camilo, sino que sale del horno de su mente. Como salen las manos blancas de mi cirujana, de esta carta que acaba de firmar en el vientre del poeta. Que no es más que mi propio vientre de mujer: descarnado y sincero, corroído y amado. Que no es más que agradecer a sus manos blancas por la poesía que acaba de escribir contra Goliat. Y es ahí donde radican sus triunfos. Alrededor de las gentes y los lugares. En el tiempo y su realidad. En la canción de Arjona, y en la poesía de Esperanza.

Dentro de mí, el Goliat: grosero-burlón. El idiota Goliat que en mi útero se fue llevando mi ternura. Y, sin dudas, que también se fue llevando mi futuro. Un Goliat corrupto, chantajista como el *american way of life*. Hambreado de mi identidad. Con rostro abúlico y torpe. Resistiendo y sin miedo al aislamiento. Y yo dándole color y belleza. Dándole mujeres, dinero y alimento para que me entendiera. Pero no. Él era Goliat y yo la modelo inferior que solo fumaba marihuana, cuando podía pagar un pasaje a Ibiza. Yo era su *american way of death*.

Hasta que una mañana de febrero, las manos blancas de mi cirujana encontraron al Goliat. Testimoniando, denunciando. Necesario como todo un intelectual dentro de otro intelectual.

Tratando de lanzarme al exilio de ultratumba, repleto de responsabilidades y hasta necesario para ser participante activo de mis poesías. Pero mi cirujana fue muy inteligente y compartió con Goliat el ritmo de un verso: no habrá más poema sin la violenta música de la libertad.

Entonces, el Goliat de público-cronista pasó a ser una cuenta por saldar. En primer término, porque me hacía dormir en un cuarto sin puerta. Y en segundo, porque por él Camilo me restregaba sus vocaciones. Y por él, también, este único olor, un olor fecundante de otros. Olor de sangre, de saliva, de orina, de éter, de morfina. Olor de opio metido en mi nariz. Olor de marihuana festejando a Goliat.

Y este dolor persistente de Hitler invadiendo a Dinamarca. Nazis creados para tener otro lenguaje donde decirle a mi cirujana: soy Goliat, el dolor del poeta. Y allí acurrucarse. Dentro, muy dentro de mi vientre, porque soy yo el poeta. Una mujer que a veces pierde su extensión y se encuentra con su ternura. Quizás, por eso me diga el poeta, para así ser padre del género y no imaginación del verso.

Pero conmigo y en contra del Goliat está mi cirujana. Organizada y con una pasión superior a Esperanza, porque su arte es volverme a traer. Es sacarme de este cuarto sin puerta que no tiene guion ni texto para mí. Solo paredes blancas para que el coyote de Camilo las escupa con sus falsas vocaciones, y seleccione, así, su disfraz blanco sin tacones rosados. Es traerme a la vida excomulgando mi aspecto abolido, mi ojo débil.

Y ahora, comienzo a marchar desde la risa a la sonrisa. Sin la pobreza de Charlot. Sin el veneno del síndrome ilegal. Sin el dolor de inocencia. Sin el Goliat. Y mi cirujana quitándose el uniforme blanco para que Camilo lo cuelgue junto a su desperdiciada vocación.

Poco a poco, mis recuerdos regresando. La puerta de mi cuarto abierta y un perfume muy suave escapándose por las ventanas. Ibiza en mis tiempos nómadas. Olvidada. Y yo amando la gran ciudad de las drogas. Pues, al fin, París me alquiló su tren para escuchar mis poemas y mis enigmas.

SAN PADRE

A mi hermano Abel

Si acabo de matar a mi hermano, no ha sido por celos, ni por rabia. Ha sido por animal prehistórico. Ahora lo llevo a las márgenes del río, al aflujo de oscurantismos, a los tributos.

Como ya no puedo cambiar esta decisión, sus órganos son vagabundos sonámbulos de mis locuras. Probando, con esto, que soy una fanática de patrimonios sin leyes.

Lo acabo de matar y lo hice en condiciones decentes. Le permití apartar sus auténticas falsificaciones de las mías.

No me han pagado remuneración alguna por ello. Aquí no hay leyes aplicadas. Aquí no hay gobierno. Solo yo complico, digo y hago. Sus respetables relaciones se han quejado, pero no conocen verdaderamente nuestras aflicciones.

Lo mato recordándole intensamente porqué lo hago. No le he mentido en absoluto. Después de muerto, sus ojos me miran, pero ahora son más pacíficos. No cuentan la orgía de su vida, ni el llanto feminista de sus innumerables mujeres. Quizás porque después de muerto, se ha familiarizado más con los míos y trata de preguntarme, de esta manera, si valía la pena ser un parco prehistórico.

Ya más cerca del río, cierra los ojos por completo, temiendo que Ochún lo nombre padre sagrado. Pero sus piernas son una estafa, pues demuestran que no está muerto, que sigue siendo el heredero de todos los tatuajes que tengo en mi cuerpo.

Todas sus mujeres lo esperan desnudas junto a la ribera del río. Se han bañado con miel y ruegan ante el famélico glande que decrece, quizás por vergüenza de morir sin querer morir, con una cama echada encima. A mí me miran con rabia. Quieren canjear todos sus senos dibujados con miel por el orgulloso protagonista de sus tantas orgías. No las miro y sigo como una asesina, encantando al muerto para que no se muera de tanta mentira.

No les explico el pretexto que tengo para llevar a mi hermano a la ribera del río.

Gracias a la santidad de los domingos, la escena se hace más apetitosa. Grito sin escrúpulo y las mujeres caen en la trampa. Todas lloran, los ojos se les convierten en exóticos bichos que se arrastran, las bocas son madrigueras de arrugas. Una de las mujeres retorciéndose sale del grupo y aprieta uno de sus pezones contra la boca de mi hermano. Siento que este contorsiona y grita por lo bajo como un demonio: hay que matarlas de fobia por putas. Unas contra otra, se entretienen arrancándose las pestañas y se siente una pestilencia que no se logra descifrar.

Con mano torpe, porque ya estoy nerviosa, quito la felpa que anuda el pelo de mi hermano. Su pelo suelto es el nuevo pirata de la acción. Sus mujeres se muerden las orejas, unas a las otras, y yo sigo muy nerviosa, pero con la misma curiosidad de averiguar qué es la pestilencia.

Desde un rincón de la arboleda suena una melodía fuerte. Mientras que una banda de color azul comienza a flotar buscando una brecha entre las mujeres. Para más tarde detenerse detrás de ellas. En ese momento, soñé con el pan nuestro de cada día, con un domingo de ramos, con las pascuas de diciembre. Realmente, el lugar ya resultaba apetitoso, pero el miedo me salía hasta por los poros.

Y comencé a zarandear a mi hermano, para que despertara de aquella simple droga que le había dado para llevarlo a una ultratumba, que solo nosotros habíamos imaginado.

En ese momento, mi hermano me estaba traicionando. Pues ni uno de sus músculos se alteró ante mi miedo, haciéndome sentir una más de las tantas mujeres juerguistas que lo desnudaban y le enjuagaban el cuerpo con sus salivas.

Un intenso silbido me hizo dejar de mover a mi hermano y mis ojos chocaron con una serpiente que, con cara de mujer, iba circundando mi cuerpo. Era una situación sin salida. Ahora estaba más drogada que mi hermano.

Dónde estarán las estampas que mi hermano y yo confabulamos para que todas sus mujeres se hicieran oficiales en su culto de muerte. En qué lugar. Dónde estará el entierro de fantasía…

La pandilla femenina dejó de ser columna y se hizo un círculo muy fuerte alrededor nuestro. Por fin, sentí la mano de mi hermano cerrarse duro dentro de la mía. El miedo lo despertaba.

Al igual que un canto gregoriano, el sonido fuerte de la arboleda se fue haciendo cadencioso y sutil. Un anillo de abejas aparecía en la marea del río. Se hizo un silencio y las mujeres comenzaron a castrarse sus vaginas como un rito de esclavitud. Simbólicamente se convertían en eunucos de ninfas, castradas únicamente para irse al destierro que mi hermano había incitado.

De pronto, mi hermano era Prometeo. Dulce, embellecido. Sin magia y sin antídoto, su fanatismo a la irreal muerte quedaba como un espejismo. Pero yo sentía el veneno en mi cuerpo, en los sonidos, en las estacas y piedras del río, en la fecundación de las mujeres.

La serpiente seguía pretendiéndome. Y resignada dejé que su lengua se colara en mi boca y me hiciera una emboscada vulgar de semen sobre mis labios, que, agitados y convulsos, saborearon una esperma relajada y dulce.

La visión era espectacular. Mucho más cuando mi hermano, con toda la magia en el cuerpo y siendo más Prometeo que hermano, inconsciente, quizás de su mutabilidad, me alzó en sus brazos y arrastrando a todas sus mujeres detrás de él, se fue hundiendo en el río. Mi descenso a la nada se esparció dentro de un laberinto que el río, con un gesto hostil, produjo.

La hija seductora de Dios ahora era yo. Mística y desposeída llené el río de espuma. Una enorme cantidad de avena se dibujó en sus riberas. Y, por primera vez, mi hermano despertó vivo y con una flor de loto en la frente.

Con silencio y con miedo, las mujeres de mi hermano se fueron alejando, llevándose con ellas aquella horrible pestilencia. En el ambiente quedó un aroma femenino, como señal de mi admirable embarazo. Creado, quizás, por el útero masculino de la serpiente, o por el bastardo de mi hermano. Que viendo en mí la imitación perfecta de Ochún, quiso hacerse santo padre. Aunque el desorden del incesto fuera la más pura imaginación de Prometeo en la compra de su nuevo fuego.

A PRIORI

A Braulio y Andrés,
dos hermanos antónimos

Andrés está multiplicándose. Andrés está recostado a la columna de su portal. Andrés está simbólico. Se ensortija las manos. Se acaricia la cabeza. Andrés se afeita su cabeza. Yo insisto para que no lo haga. Andrés está individualista. Andrés espera una muchacha. Su muchacha. Sabe que vendrá en auto. Andrés arde como una patraña.

Braulio dentro de su mutismo. En su pasión, me pide un poema de amor. Braulio tiene una melancolía insinuada. No conoce que primero es la causa y después el efecto. Braulio encanta.

Braulio está nutrido de horizontes. Braulio, quiero convertirte en mi intelecto. Serás mi elegido. Braulio está prismático. Cuesta seducirlo.

Braulio dice que yo tengo algo. Habla de mi punto concreto. Yo también creo que tengo algo. Un demonio, un ángel, una luz. No sé... eso nunca lo asimilo mucho.

Braulio cómo se escribe un verso. Braulio me contempla. Escucha:

> *Me desnudo para aplacar la tormenta de semen*
> *que amenaza tu hendidura.*
> *Escribo con tinta la palabra Nazareno,*
> *y el madero cruje*
> *sobre la seguridad de tu desnudez.*

Braulio un poema *a priori* tiene frustraciones. Braulio sustenta. Braulio no escucha ahora.

Andrés no asimila, espera. Andrés quiere fumar. Mira a la calle. A un lado, a otro. Sabe que la muchacha, su muchacha, vendrá en un auto. Andrés no ve los autos. Está esquemático.

Andrés no ha comido. Está sugestionado. Su primera muchacha. No. Andrés come de madrugada. Andrés se descubre. Está señalado. Andrés es el elegido de varias memorias. Andrés está condensado. Andrés se desvive. Con la muchacha. Su muchacha. Que vendrá (que no llega) en auto.

Andrés está pertinaz. Tiene deseos de fumar. Andrés no fuma. La muchacha va a llegar. Andrés está impecable.

Braulio, te prometo escribir:

> *Mujer, eres mi interior de ciudad*
> *mi inevitable contorno.*

Braulio está indiferente. Marchitándose.

Braulio yo no quiero la indiferencia. Lo instantáneo me hechiza. Braulio subjetiva.

Braulio, no quedarás como un antipoeta. Eres mi héroe.

Braulio, tu muchacha no escribe con pistilo la palabra poesía. Braulio se satura.

Escribo un poema humano. Braulio piensa. Está muy taciturno.

Y lee:

> *En esta cama*
> *repleta de agujeros de otros hombres*
> *una mujer excita su cordura*
> *sobre la costumbre de mis actos.*

Braulio no concuerda conmigo.

Andrés sigue como una ciudad perdida. La historia le clava los colmillos. Está provocado. Andrés está filosófico.

Andrés pretende descubrir a su muchacha con los senos erectos, con el pelo rizado, con las caderas ondulantes. Andrés está ilusionado. La muchacha aún no llega.

Andrés está al disolverse en su leyenda. Hace un compromiso donativo para iluminar su portal, si viene la muchacha. Su muchacha.

Andrés está acosado de ausencia. Andrés me llama. No puede más con tanta pesadilla. Andrés habla. Dice una palabra sencilla: poesía.

Andrés es un poeta suspendido. Andrés escribe un poema de amor a priori:

> *Mujer,*
> *utopía de espera*
> *violencia cobijada*
> *de mi apuro de hombre...*

Braulio al fin está satisfecho.

LA TELARAÑA DE LA DESNUDEZ

A Osmín por su fina telaraña

Mirar a un hombre. Sentir como la quietud de su reflexión le permite desnudarse.

Convoco así a múltiples vías. Intento que todo sea propicio. Que no haya diálogos.

Esto es una apariencia para no anunciarme. Para no destruir la comunicación observatoria.

No se trata de desbordamiento de tiempo. Más bien, es un evento donde aludo mi dependencia del hombre.

Infiero en el ejercicio de mirar las zonas donde se encuentran sus posibles relatos. Sus posibles críticas analizadas por otras mujeres. No por mí. Yo no uso el tacto. Solo me conduzco. Voy así a la experiencia.

Mirarlo y alcanzar un estímulo. Un prototipo artístico y a la vez pueril. Me justifico con desprejuicio. Llamo inocente al inventario de partes que reconozco en este hombre.

Pienso que ya va siendo tiempo para el alcance humano. Busco una posible vía. Algo que evalúe globalmente el contacto. Pero ansiosa, sigo de espectadora. Esto es un síndrome de conveniencia. Invento de luces que mi esencia trasciende para mi desarrollo.

La apertura de la desnudez tiene sus códigos. Este hombre no los conoce. Como tampoco conoce que soy capaz de destruir su tentadora oportunidad de pasear su esperma por mi boca.

En el límite de mi aceptación, juego a multiplicar territorios. También hay una matriz desnuda. No por ello renuncio. La mujer tiene enmascarada su utopía. Es su simulacro. Ella también salva su universo de mi aparente libertad.

Acaso la respuesta de las circunstancias les perjudica. Creo que no. Ellos no abundan dentro de falsos paternalismos. Yo sí. Me gusta tener mi mirada envenenada. Sueño con mi mirada envenenada.

Sin desaciertos, o con ellos, establezco un poderoso compromiso: invitarlos a ustedes. Por supuesto, pensando en nuevos empeños. En nuevas formas que acudan a nuestro certamen. La urgencia de cambios estructurales se interpretaría como mejor goce. Mucho más, si están ustedes como tolerantes.

Mi pequeña fotografía de los cinco sentidos es válida en estos momentos. Tengo la mano apoyada en el optimismo de mi pezón. Un análisis de mundo, diría yo. Si no hay jurado que presencie la ubicación, la posibilidad de acotarme no existiera. Por eso, los invito a ser deudores de mi cohesión.

Casi como un acuerdo, mi pezón se yergue. Es optimista. Se desenvuelve de manera correlativa. El hombre hace sus intervenciones. La mujer deja de esconder su matriz y la enarbola. Futura pausa de entrega.

Mido mis tres primeros pasos. Mido así también mi convocatoria, mi desenvolvimiento, mi circunstancia. Llego. La etapa de divulgación tiene prioridad. Rebaso el medio convencional de los espectadores. No existe ruido. Los testigos se encuentran en silencio. Un premio será otorgado.

Ahora muy cerca. Tan desnudo, que lo miro intentando tejer una telaraña sobre su cuerpo. Sobrevivo. Escojo mi pezón más turístico y lo coloco en el centro de su lucha. Hay erección. Dispuesta a celebrar el trozo de carne que la copula. Mi dedo se encamina y comienza a tejer una fina telaraña en la cavidad más profunda de su espalda. Misión especial.

Los testigos se desesperan. Miro hacia la reunión y todos están alquilando los olores que destilamos. En el pozo de mi apetito está la mujer. Ya no enmascara su utopía. Me sabe definir.

Faltan unos minutos para el regocijo y miro sin responder cívicamente a la desnudez. Existen idílicas purezas. Marcas en los árboles que me devuelven el arrepentimiento de mirar a un hombre desnudo.

Si persisto vivo. Si pretendo escapar soy una incógnita. Por eso, con todo el abuso posible de mi observación, hago de clero fiel. Y cierro los ojos ante la distribución desigual que provoca en mí este orgasmo...

EL PLANETA DE LOS ESPÍRITUS

A Ilty que habita
en mi espacio cósmico

Siempre me he resistido a aceptar el dolor. Quizás, si escuchara a mis fantasmas personales viera este dolor desde otro ángulo. Sin embargo, mi disciplina moral no ha encontrado aún como ablandarse, y sigue limitándose a desgracias, soberbias y desatinos.

Por eso es que acepto este dolor, aunque castigue mi magnetismo y lo llegue a convertir en un sentimiento de vicio.

Y dentro de toda esta ceguera que yo misma he creado, siempre están presentes los fantasmas personales. Esos depuradores de dolor que uno lleva consigo, dondequiera que va.

Nunca he creído mucho en estos fantasmas, porque mi autoestima está más que ilícita para creerles. Pienso que ellos son un espectáculo sin espectadores. Pero lo cierto es que no se apartan, siempre están aquí. Vibrando en mi misma sintonía, tratando por todos los medios de sacarme de esta existencia.

Dicho de otro modo, mis fantasmas personales evocan dentro de mí, se sumergen en mi espacio y llevan mi cuerpo a conocer el universo de los espíritus. Un universo inagotable, divino para perdonar mis culpas, provocador de purezas e idilios. Que no sustenta como madre posesiva, sino que permite libertades propicias para el desenvolvimiento. Mis fantasmas, que no pierden oportunidad alguna y esperan que yo esté languideciendo para adentrarme en sus huellas y trasladarme a otro planeta, el planeta de los espíritus.

Oh, Ilty, Ilty, a veces estoy parada en un mirador contemplando tu paisaje. Reflejando tus actos. Es como si estuviera en un viaje en cadena y una línea armónica me llevara hasta ti. Sin explicaciones, sin medios, sin orígenes. Y se hace muy difícil que alguien pueda romper esta barrera, porque solo estás tú con tus ojos sigilosos y tus palabras bajas, con tu espalda inofensiva oliendo mi ruta espiritual. Y en el camino nos vemos. Y es en mitad de ese camino donde evoluciono y te conozco.

Me encontraba perdida, ignorante. Quizás porque estaba formada de una alquimia de castigo. Pero creo que, dentro de las posibilidades personales de cada uno, todos venimos a la vida facultados para representar un buen papel. Ilty me concedió este privilegio, el de dotarme de esa sensibilidad espiritual que desconocía. Y este sentimiento es el que ejerce influencia en mí, a la hora de sentir, olfatear y sostener a Ilty junto a mis fantasmas personales.

Oh, Ilty, Ilty, estamos en el escenario de la vida y hemos adquirido la buena costumbre de atender la voz de la comunicación espiritual, que une nuestras almas con dimensiones más elevadas. Ahora estamos en este mirador que nos abraza por la afinidad de sentimientos. Y no tengo miedo cuando te digo te amo, ni tengo miedo cuando te beso buscando la identidad de tu persona. Ni tampoco tengo miedo a mis fantasmas personales que, como actores de gran privilegio, me han llevado con sus estrategias a conocerte.

Ilty que siempre ha estado con su medalla de loto sobre el pecho. Sembrando la lucha de la semilla espiritual, influyendo para apagar la lava de los volcanes. Ilty que con sus propios ojos tuvo la misión de construir este planeta. Ahora está aquí conmigo, a mi lado. Enseñándome los pilares de la fe, con sus manos entre las mías, besándome los falsos testimonios para borrarlos. Venciendo mi dolor con una caricia minada de palabras evolutivas.

El comienzo de una nueva vida siempre me supone un motivo de reflexión. Valoro lo que ha significado la anterior y suelo realizar un propósito de enmienda en aquello que no me ha parecido correcto. Ilty es quien más me ayuda en ello. Con mucha seguridad y mucha atención camina a mi lado, enseñándome palmo a palmo su sabiduría y su planeta.

Un planeta distinto, que nos impone su ritmo y valoración de manera contagiosa. Que no echa culpas a mis fantasmas personales, sino todo lo contrario, los motiva a seguir cautivándome, sin renuncia, sin sacrificio. Con otra actitud, más tranquila, más consciente. Solo con las miras de satisfacer nuestros gustos y deseos sensibles. Desvirtuando en todo momento las opiniones enmarañadas. Y allí, dentro de todo ese cambio espiritual para mí, un ser elegido. Mi Ilty, que reto a reto me ha demostrado que el amor es el todo, todo para sentirnos seres importantes.

Ilty que ha descendido del mirador, conmigo a cuestas. Convirtiéndome en su eslabón más importante. Y así, besando pestaña por pestaña de mis ojos, me aconseja y me orienta. Sin urgencia, sin imperfecciones. Intentando ambientar mi plano espiritual con el propósito de hacerme progresar.

Mis fantasmas me decían, tras la tempestad la calma. Pero yo, pesimista y descontrolada, jamás les creía nada. Siempre pensé que eran profecías que ellos inventaban para lograr mi equilibrio. En consecuencia, mi actitud no mejoraba, el timón de mi embarcación, definitivamente, estaba perdido.

En mi mente, la ley era la guerra, el deterioro, la decadencia. En ningún momento sentí en mi cuerpo el libre albedrío de adelantar, todo era infinito e injusto. Por eso es que no pude creerles a mis fantasmas personales, la descreencia estaba a nivel general en mi cuerpo.

Mi espíritu convulso doblegaba a los fantasmas, hasta desecharlos y escupirlos. Como consecuencia de esto, enfermé, y no fue hasta una noche que, por instintos de sueños, desperté de una manera distinta. Quizás, acababa así de encontrarme. Ayudada, por supuesto, por mis fantasmas personales, que en función noctámbula lograron que el instinto de mi sueño volara a un planeta purificado, y vivo de amor y sintonía.

Hoy tengo que reparar el daño que les hice. Pues quien causa dolor, recibe dolor. Por eso me esfuerzo y me doblego ante ellos, con este progreso espiritual que he logrado. Ilty me ha permitido que los lleve al mirador, y desde allí han aceptado mi cambio y mi agradecimiento, porque ya no son aquellos teatristas de mala sombra que querían enjuagarme el alma, o aquellos apetitos groseros de mis vicios. Ahora son mi ley.

Ilty no ha cejado y sigue hablándome con su acción tranquila. Pasando todos los estadios del amor: el instintivo, el sentimental, el mental, el afectivo. Mi paz interior progresa como un engranaje maravilloso. Amar es comprender. Ilty lo conoce y hace que ame de esa manera. El planeta también hace que nos estrechemos más, que nuestro afecto tenga mil razones para experimentar nuestros propios sentimientos.

Comprendo que mi adelanto espiritual progresa cuando Ilty me enseña la lección más pura. En su cuarto de espejos violetas, y sin enigma alguno, me demuestra que tengo frente a mí la mayor oportunidad de mi progreso: conocer a Dios.

Sus manos aceptan las mías, mientras el calor de sus labios va bordeando cada óvalo de mis dedos. Es una acción tranquila y firme. Sus labios se corren a mis pechos, que desnudos esperan con un ansia evidente. Mi boca no demora en vivir la felicidad del cuerpo de Ilty. Y aceptando la comprensión del mismo, se posa en cada poro, en cada vello, en cada gota de sudor, en cada marca de su nacimiento. Ilty se siente justicia infinita del Creador, que ofrece a todo mi espíritu, la posibilidad de perfeccionarse. Construye nuevas palabras, nuevas caricias, nuevos besos. De esta manera, va despertando en mí una trayectoria de equilibrio que yo desconocía. A ratos se arrodilla y se abraza a mis muslos. Sus labios se van sembrando en un lugar, en otro. Buscando así la mayor vía efectiva, el paso firme para que me descubra. Mis manos se sujetan a sus cabellos, a sus hombros, encarando el estímulo que me provoca. Y musita y musita pidiendo a Dios que me rescate.

Oh, Ilty, Ilty, tengo una flor que acaricio, un lunar que no me deja espacio, un abrazo que reivindica toda mi vida. Un planeta de imágenes violetas que camina sobre mi cuerpo. Y te tengo a ti Ilty. Oh, Ilty, Ilty, tú que eres Dios y trayecto, temblor y deseo. Tú que eres mi boca y mi ternura, mi beso y mi caricia. Tú que tienes los labios de Dios, las manos de Dios, el paisaje de Dios. Te quiero abrazar, Ilty, y vivir contigo, y necesitar contigo esa puerta principal que se cierra cuando vamos de la mano por esas calles. Y abrir un pequeño fuego al lado del mirador para que mis fantasmas no sufran el invierno. Para que mi olor espiritual se convierta, para siempre, en el perfume de los transeúntes que habitan este planeta.

Y cuando Ilty me escucha, dos lágrimas le ruedan por su rostro. Y como esas cosas sencillamente nuestras pero fundamentales, Ilty abordó nuevamente mi cuerpo. Pero, esta vez, como si atara mi debilidad a su hermosura. Llenándose y llenándose de cada abrazo mío, de cada beso mío, de cada silencio mío; para tatuar su alma a la mía, para alumbrar con sus ojos a los míos, para pasar de su hermosura a mi debilidad, pero con una inspiración de palabras dichas en susurro y concordancia: «hoy has dormido con el alma de Dios, bendita tú eres entre todas las mujeres».

EL SÍNDROME DE LOS SOCORROS

Cuando un poeta dice a escribir, no le alcanzan ni las horas que tienen los relojes para expresar todo lo que desea. Pero ahora me han pedido que escriba sobre esta mujer, que ni siquiera sé quién es. Y necesito el tiempo, y este tiempo no está. Tal parece que Cristo ha recogido, en su mochila personal, todos los meses, los días y hasta los años de mi existencia.

Algo debiera escribir y ya ven. Estoy como una vieja pianista que solo ordena afinar su piano, pero que jamás coloca, ni tan siquiera, una sola yema de sus dedos en el teclado por temor al ridículo.

Tú conoces de eso, escritora. Escríbele un verso. Yo sé que, si te sientas con el bolígrafo en la mano, algo sale.

Pero es que no saben que, aunque la escritora sea escritora y tenga a mano el bolígrafo, se necesita algo más.

Así la gente formula algo que nosotros los poetas desconocemos: el síndrome de los socorros. A cualquier hora, o en cualquier momento, tiene el poeta en la puerta de su casa un alguien que le pide que escriba, haciéndose imagen y semejanza del escritor, pero que en mala hora se convierte en el socio literario. Un socio que paga cualquier cosa por un verso.

Pero el tiempo, dónde está el tiempo. O digamos, dónde está la medida exacta de esa mujer a la cual yo debo sentenciar, porque escribirle será sentenciarla, aunque esta sentencia sea sin juez.

Alguien quiere que su existencia sea más placentera si lleva en sus manos una impactante hoja de versos, pero es que ese alguien impone, de esta manera, que yo me coloque los zapatos de otro y salga a la calle con otro paragua. Un paragua y unos zapatos que demostrarán que en el futuro seré un bello disfraz.

Hay quien dice que el desnudo es lo que forma el cuerpo, pero lo que forma el cuerpo es la ropa. Cómo se viste esta mujer. Esto es muy importante para un poeta. La mujer se viste de blanco: clasicismo y modernidad. Se le puede escribir un poema. Vamos, entonces, a su ropa interior. De qué color la usa: estampada. El poeta se retira. No puede escribirle a una mujer en esas condiciones, pues estaría toda la vida reuniendo marañas. Jamás un poeta subsiste a tantas vanguardias de colores.

Esta cuestión de ropas jamás puedes preguntarla, porque no sería un buen medicamento para calmar la sed del que lucha utilizando los dones de un poeta. Por eso se vuelve al tiempo, quizás porque es la excusa más contrapersonal que usa el poeta. Hay que evadirse para que el domiciliario poético, entre comillas, deje a un lado sus pensamientos de juergas y le vaya de frente a ese asunto que es tan sencillo.

Ahora la mujer se ha caído de su buhardilla. Su laúd se remontó sin trayectoria alguna. Y he decidido que, sin historia, no hay poesía. Y que, desde un punto de vista rítmico, porque he sido yo quien la ha hecho caer, encuentro la salvación de su peligro, celebrando el vuelo con algún verso. El tiempo ha pasado a ser una polémica, donde unos labios murmuran sobre la caída de lo que fue mi devaneo.

No es casual que trate de alejar de mi puerta al impostor de mis versos. Es evidente que me he dado cuenta que no he declarado mi inocencia. Y que dicho cleptómano literario está disparado, dispuesto a todo, por tal de hacerme responsable. Por ello le permito que se fume su cigarro junto a lo que es toda mi vida: el violín, el buró, la máquina, mis libros.

Ahora, sentado frente al buró y acribillado de mis notas indescifrables, imita y hasta llega a creerse la fábula de mis innumerables obsesiones sobre la mujer que he hecho caer de su buhardilla. Para, de esta manera, encontrar el impacto, la tortura y la experimentación de hacerle saber que, sin alcance, nadie puede escribir un verso, así tenga el tiempo más amplio y combinado del mundo.

Ella no ha muerto. Y ahora la coloco desnuda encima de mi buró. El pagador de metáforas literarias endulza su lengua con la lengua de ella, hasta que la sed se le hace inmediata y me pide un vaso de misericordia. No sé por qué olvida el agua y pide misericordia, quizás por cobarde.

Ya no me siento responsable de suicidio alguno, pero sí responsable de esta orgía que, elementalmente, ha creado mi mente para darle la madurez necesaria al verso. Entonces, cómo termino con este apocalíptico hechizo de verme atiborrada de imágenes dudosas y estrafalarias encima de mi buró. Aún no lo sé.

Muchas escenas han pasado por mi mente. Puedo vestir de blanco a la mujer y matar de una vez por todas al propagandista de mis versos. Pero tiemblo de pensar que tendría que matar nuevamente, y esta vez sin resurrección. Por eso, tiendo a pensar en algo que sea más ameno. Cualquier sitio es agradable para hacer nuevas amistades. Así trato, de una vez por todas, de dejar a un lado ese perverso sentimiento que tengo de vencer matando.

Cuando veo las ropas sin compañía de sus personas, ya es demasiado tarde. Mi oficio de inocente comienza a temblar, al igual que mi buró, mi violín, la máquina, mis libros. Siempre he pensado que es peligroso andar sin piedad. Pero esta escena clara que ahora no ha dibujado mi mente, me coloca de rodillas y hace que busque la boca de la mujer, o la del hombre. Digo que a quien no se ama, se le puede entregar el remordimiento. Y continuo, pero con una generosa peligrosidad dispuesta a buscar el porqué del temblor de mi cuerpo y de mis cosas. Mentiría si sacara mi lengua de la boca de la mujer, que me la aprisiona hasta hacerla sangrar. Mentiría porque no voy a huir a mansalva de algo que me gusta y me entusiasma.

Y aunque critiquen el tamaño de mi pecado (porque una escritora debe tener las horas resguardadas), olvido las excusas del tiempo. Y alquilo la tabla dura de mi buró, como si alquilara uno de mis versos, para caer, yo también, como una de sus resinas encima de él.

Y dejar que la lengua del desconfiado literario muerda uno de mis pezones, mientras que su dedo índice se cuela como un demonio dentro del canal que divide mis nalgas. Esto no ha sido una equivocación. Digamos que es una disputa, porque la mujer, a la que le he dedicado esta orgía, aprieta sus dientes y empuja con rabia al socio literario. Para ser ella quien caiga directo, muy directo, con su lengua, con su dedo, y con su saliva, dentro, muy dentro de mis entrepiernas. Despojándome así de las horas, los días, y hasta los segundos de mi existencia.

Y ahora, ya sin mentiras, sin excusas de tiempo, le escribo muy de prisa al socio literario: solo la carne, solo sus apetitos...

ANA, ¿POR QUÉ? ... ¿POR QUÉ LA OLA?

Porque una noche Ana dijo: mar

Ana comenzó a quitarse el maquillaje sin desviar la vista del mar. Ya estaba sin colores en el rostro y sus párpados se exaltaron. Un mohín se dibujó en su boca. Una boca que siempre espera el calor de un beso. Como sus ojos, que también esperan por la llegada de la marea.

Así se recrea la amante de la ola. Cual cuerpo sin escombro, cuando su inocencia le crece sin apuro delante del espejo.

Con la ola dibujada en sus ojos, caminó para ir estafando al tiempo. Ese tiempo que le coloca bridas a su virgen puesto de centinela. Piensa. Nadie puede quitarle la fidelidad del mar. Nadie que no sea una ola.

Y como para ella todo es infancia, sujeta su miedo a la divina posesión del mar. Nunca fue un sueño. Fue la edad que, ya sin colores en el rostro, sanaba la mentira. La odiosa mentira que Ana había inventado. Una mentira que no se parecía al mar, en absoluto, porque estaba desprovista de ola. Y la ola era su corazón. Arrinconado, vacío, injusto o amado, era su corazón. Un corazón sacado del alba.

Pero la amante de la ola conoce que el alba, a veces, se marchita. Y ella, Ana, no quiere ceder como el alba. Ella quiere ceder como el mar. Con la ternura de la ola en su boca. Sin sollozo, sin vicio, sin miedo.

Y es que la amante de la ola ha crecido con leyes a mansalva. Remendando su libertad. Ahora que se maquilla el rostro. Ahora que tiene estudiada habilidad. Porque Ana no ve las oleadas, y de verlas, desconfiaría de su maquillaje. Porque su maquillaje no es la ola. La ola es una niña. Por eso la amante se esconde frente al mar como una refugiada, para con la ola quitarse la fecundidad y volver al perdón. Sin huir, sin atropellarse. Siendo niña en el brocal de las mareas.

Pero ya la amante de la ola ha probado el aire de los muertos. Y ha probado las inquisiciones. Y ha probado a esconder sus gorriones dentro de los zapatos, porque Ana es un niño. Y un niño quita los cordones a los zapatos para anudar su rumbo y salir ileso de las mentiras. Pero sube la marea y la ola se convierte en una loca granuja. Entonces, Ana se ahoga y quiere volver a ser modesta, y quiere volver a ser sensata. Pero la ola ya no está a su amparo. Como tampoco estoy yo. Yo que encuentro que también me ahogo si me falta la ola. Yo que le he dado mi manantial a Ana para que forme su dique.

Porque la mentira de Ana es pólvora, calibre que se inquieta. Crecida de mil cauces que regresa a su rostro, que, aunque esté sin maquillar y ahora sea más perfecto, se rompe de conocer que la hermosura de la amante es una mentira.

Y la amante de la ola no siente el injerto que le he hecho a su maquillaje, para que sus actuaciones sean más hazañas que mentiras. Como tampoco siente mis arrullos para que conquiste la vida sin sus cenizas. Y es que Ana está como un oficio sin horario, repleta de tambores de guerra. Como un águila y un perro, sin saber separar el cuerpo del alma.

Ya ha cargado durante mucho tiempo el castigo, el miedo. Y como quien fuma al pie de un polvorín, besa sin besar, acaricia sin acariciar. Y la ternura se le ha convertido en espejismo, en hurtadilla. Pero por mucho que le diga a Ana que quiero darle estos dos ojos míos para que los llene de guiños con sus maquillajes, Ana va a seguir cambiando el temor por el deseo, lo falso por lo dudoso. Porque Ana es así cuando está sin su ola: distinta, temblorosa, oscura.

Porque Ana busca y no ha encontrado donde bailan los verdaderos amantes. Ana busca el centro del espíritu. Y es por eso que se miente y se cubre de desnudez para no delatarse. Para no decir: estoy en pura combustión. Y se alza queriendo tener sus caderas encima del peso del espíritu. Pero Ana nunca encuentra ese equilibrio, porque la amante de la ola es una mujer tocada por el sosiego. Pero Ana es un vicio que huele a sal. Ana es un incendio. Por eso me he decidido a palpar su mentira y su verdad, para conocer cuál compra el corazón, y cuál lo regala.

Y aunque esté de una disciplina a otra, no apago mi preocupación y sigo cuidando la ola. No solo porque Ana la necesite para cambiar su identidad, sino porque la amante de la ola es una burbuja que se aloja dentro de mí.

Ahora la pregunta que me hago es que hará Ana cuando sepa que yo siempre he estado ahí. Puliendo piedra a piedra sus encarnadas mentiras, habitando su alma y su cuerpo. Qué hará. Si pasado tanto tiempo la tengo frente a mí. Sin maquillaje, sin pedirme siquiera mi manantial para borrar su mal ejemplo. Sin decirme: éste es mi templo, arde en él.

Qué haré yo. Sentirme culpable, sentirme humilde, o sentirme fiel. Si cada piedra que pulí era mi acera, si cada gesto era mi infancia.

Rezar. Siempre rezar. Porque no puedo irme. Porque no puedo separarme del maquillaje de la amante. Porque yo he sido su ola. Esa imaginaria ola que Ana inventó para seducirse junto a mi espíritu de mar.

PROHIBIDO PROHIBIR

A Joaquín Sabina y su novia de la
flor de la saliva, Idania

Si algún día en la vida yo fuera Paula, jamás me comprometería por una bolsa. Mucho menos, si esa bolsa tiene el estilo de Joaquín Sabina. Digo esto, porque yo me imagino como la Magdalena que él ha cantado: la más señora de todas las putas, la más puta de todas las señoras.

Bueno, esto es un cambio de gusto. Cada cual tiene su ciclón por dentro. Eso, que nadie lo coloque en lengua de juicio (enseguida saldría perdiendo). La lengua de juicio no es un comentario, es una confirmación. Cómo duelen estas confirmaciones, aún más si es una bolsa lo que cuelga del cuerpo y no un racimo de conjeturas.

Paula recoge la bolsa. La abre, introduce en ella: peine, cosméticos, toalla y una cajita cuadrada muy bien forrada de un color rojo intenso. El color está perfecto para el disimulo. La cajita cuadrada no se puede disimular así de fácil. Preservativo: efecto anticonceptivo. Globo en otros apuros: cumpleaños, juergas, estrategias.

Muy bien planeado por Paulita. Así no se coloca en lengua de juicio. Aunque aquí la lengua no es un comentario, ni tampoco es una confirmación. Más bien, se puede decir que es una patente, la patente de la inventiva de Paula.

Si pasamos la vista por encima de la bolsa de Paula, no encontraremos nada más que onda. Mucha extravagancia. Mucho toque. Poco esnobismo.

Pero esto no es lo que le incumbe a Paula. El argumento de ella está dentro de la bolsa. Más bien, se puede decir que el contenido de la bolsa es la más pura diana de sus ataques. Ataques estos que a menudo cambian de partido a partido, de criterio a criterio. Esto es cuestión de exageración (en cierto sentido, no en máximo sentido).

Paula es la imagen de las moderadas, no de las reservistas. No le puedo decir reservista a Paula. No quiero provocar ridículos ni risas. Mucho menos enconados opositores. Digamos que Paula es una parodia. Irrita a los demás. Fulmina a los demás. Ridiculiza a los demás. Exterioriza a los demás. No habla de los demás. Buen síntoma.

Las opiniones, a veces, son aislamientos, pero quién no conoce aquí que Paula es la propia bilis de Joaquín Sabina. No hablo de antojos. Hablo de adversarios. Además, dicho está que el temperamento no se imita, mucho menos si es el de Paula. Y si ella lleva su bolsa colgada a lo Joaquín Sabina, menos aún.

Las réplicas son una gran parte de las municiones de este mundo. Paula en ningún momento ofrece ese tipo de combate. Ella lame la víctima antes de despedazarla. Es una lucha del frenesí con la razón helada. Paula se las tiene que haber con otros sentidos. Impasible, inmutable, no se desconcierta, no se inmuta jamás. Ni los sarcasmos la exasperan. Es una mujer que todo lo oye como si nada oyese.

Ahora, algo sí no puede Paula, y es reprimir su fogosidad. Aquí sí que no se puede prever una catástrofe. Pues ella es la misma mecha que hace reventar su carga. Es el riachuelo que desemboca en el océano y luego, el océano se lo traga.

No faltará quien me tache de repugnante porque hablo con el rigor que ordena el amor a la verdad. Todas las ciudades son pocas a los ojos.

Así, hallamos en uno de los departamentos de la bolsa de Paula un consuelo escrito: mis inventos no son míos, pero son muy buenos. Esta nota no está escrita renunciando al derecho de quejarse. Aquí hay contento, satisfacción. Claramente, lo demuestra la desaparición de la cajita de color rojo intenso. La buscamos y es lo único que falta en la bolsa. Paula ha llorado. Nada es más fácil que producir efectos teatrales. Por poco Paula tira la toalla.

Pero ella no conoce la palabra plagio, aunque algunas veces la ha tenido que sacar a la luz. Porque si hay algo que mata las ilusiones, más que el escepticismo, es la afectación de las creencias. Esto, la Paula me lo ha dicho. No sé cuáles serían sus intenciones.

Estoy con los ojos airados. No es extraño que Paula sin conocer el amor, trate de pintarlo. Estoy iracunda. Trato y trato, pero francamente, aquí sí hay fraude. Paula es de una pasión indefinible. Lo demuestra su bolsa a lo Joaquín Sabina. Y su modo de fijar un punto sin abandonarlo, hasta que se consume en su fuego. Bien, Paula puede decir, pero no sentir.

Miren su bolsa. Es un verdadero amor madrigal lo que allí guarda: canciones, poemas, flores incapaces pero latentes aún, libros... Un llavero. Infiltrado en su calor un llavero. Como un himno guerrero, con drama, tragedia y canto patriótico. Una sola llave inextinguible de crueldades y venganzas.

Paula va a concitar contra mis muchos odios. Pero ya emprendí la santa tarea sin encono, debo terminarla. Ahora es ley terminarla. No escribo un anónimo. Paula sabrá defenderse. Ella es ideal e irresistible en eso de descalabrar los castigos. No he querido estorbar la publicidad de la bolsa de Paula a lo Joaquín Sabina. Yo escribo la verdadera historia. Y quiero mirar por encima y decir: la encuentro digna de elogio. No la gran bolsa, no la gran Paula, sí la gran historia.

Digamos que el llavero es un arma del peso de una pluma y que, por implacable suceso, Paula lo encuentra poderoso, pesado y fuerte. Lo esconde nuevamente. La llave es su independencia. Eso no lo sabe nadie. Teme a los eternos descontentos, a los que todos murmuran sin más motivo ni licencia que su capricho. Paula no tiene, por consiguiente, necesidad de guardar consideraciones serviles. Yo no creo que Paula sea una prostituta porque guarda (o esconde) una llave.

Los vecinos de Paula tienen otras opiniones. Y no dudo, por este principio, que ya se estén anticipando y tengan preparado todos los tiros posibles para ensuciar a la pobre Paulita. Paulita que hace crujir el bronce de las estatuas. Paulita que hace mucho le dijo adiós a su ropa interior. Paulita que colocó debajo de su almohada un letrerito: no hablo de la caricia, sino de su continuación...

Y Paula no hace mal, porque si no aprovecha el tiempo no disfrutará de sus delicias. Sublime sarcasmo este. Pero en tierra de conjeturas, la barbaridad es permitida. Aunque, quizás, yo sea un poco exagerada con esto de hablar de una bolsa y de Paula. De Paula, la bolsa y Sabina. A ciencia cierta y a punta de pistola, aquí lo menos que nos importa es la bolsa.

Pero de qué vale que yo me esfuerce y trate de limpiar a la Paulita. Si ya tiene la bolsa colgada en su hombro izquierdo. La aprieta duro contra el cuerpo (se puede sentir el tintineo de la llave) y sale disparada. Es un ciclón. A la caza. Solo caza para cazar. Paula no tiene verdugo. La inspira el romance (dice ella). Es la cuna de la sin par Dulcinea. Paula es un árbol de pólvora.

Y le encanta averiguar quién tejió su bolsa. Y de no aparecer pronto la tejedora, el estampido de Paula ensordecerá a la gente. Provocando la enfermedad del insomnio. Esto es una estrategia mía, porque aquí no puede existir ese insomnio, sino cómo Paula se fuera de la casa sin ser vista. Por tanto, grito: Paula, yo tejí la bolsa...

Me complazco en creer que alcanza su poder hasta para libertar sus ojos de los acostumbrados comentarios. Entonces, Paula puede muy bien formar con sus exorcismos, un asilo de lunáticos y olvidar para siempre su bolsa. Esta bolsa que yo he colado entre madera y madera de Paula, pero que, verdaderamente, no es gran cosa si no tuviera la tragedia por dentro.

Para decir con Dios, a las dos nos sobran los motivos. Pero cómo mortifica Joaquín por lo que canta. Es cierto que a Paula le subieron la pollera. Alguien lo anda contando por ahí. También dicen que todo sucedió por amor, pues ella pidió que la llevara al fin del mundo.

Sin zapatos, sin ropas, sin bolsa...

Joaquín, lo que sé del olvido lo aprendí de la luna, pero Paula. Crees que Paula pueda olvidar. Sabrá olvidar Paula. Ella que es dueña de un corazón tan cinco estrellas. Y que hay que decir sin pestañear: Paula es la novia de la flor de la saliva.

Pero nosotras sí podemos equivocarnos, usemos o no usemos bolsa a lo Joaquín Sabina. Mírenme. Ahora estoy más sola que la luna. Y el ayer: la más señora de todas las putas. Pero yo lo que sé del pecado, lo tuve que buscar. Pero Paula. Mi Paulita tiene un alma que perder. Y nunca se sabe cuándo hay una epidemia de tristeza en la ciudad.

Y ahora, la pobre Paula se ha quedado sin su cajita cuadrada. Y el rojo intenso de la cajita es el mismo color de su vientre, que ya es más atrevido cada día (los vecinos cumplieron con su principio).

Ahora sí que no existe, Paula, vergonzoso arrepentimiento, ni aunque tengas bolsa a lo Joaquín Sabina. Esto sí te lo digo de corazón y también te lo puedo decir con el talento sádico de Joaquín. Y nunca le cobró la Magdalena...

LA HIJA DEL AGUA

A María Ileana, por esa indescriptible humedad que tiene su esencia

I

En algunas ocasiones somos húmedos. Una secuela de influencias provoca este enigma. Cuando esto sucede, la tierra recela. Entonces, no todo está conforme. No todo es preciso.

Muchas veces pensaste que podías escapar, salir de la pesadilla, pero un ojo de fango te devora con sus fuegos de bestias. Tu cuerpo es su lumbre.

Soy una mujer de agua, lo he comprobado innumerables veces. Mi cuerpo navega junto al delirio de agua. Mi amante tiene la misma sensación que yo. Esto nos hace más apetitosos, más vivos.

Si al principio nos parecía inaudito, ahora, la polaridad de nuestros cuerpos y de nuestros deseos, nos une más. Somos una sola idea.

Las mujeres de agua somos distintas. Buscamos luz con los pies descalzos. Nos bañamos con cenizas calientes. Y si el amante llega tarde, corremos a sus brazos y no pronunciamos el tamaño de nuestras voces. Nunca hablamos de carne, ni de hastío. Vivimos cantando con las manos abiertas.

Al principio, mi amante estaba confuso. Era miedo, me lo confesó. Mi secreto le llenaba la boca de amarguras y se sentía sordo cuando yo, gozosa y feliz, iba a su tacto muy húmeda. Mis labios los encontraba helados y al acecho. Tuvo miedo, mucho miedo. Pero se necesita mucha música para entender a una mujer de agua.

Tuve que despojarme del limo que cubría mis senos, hablarle del ritmo de mi estatura, y alimentarlo. Esta fue la parte más complicada. Para lograrlo, me desnudé más que el mar. Y navegué aletargada dentro de sus labios. Buscando sus sombras, sus perfiles. Porque yo quería que cuando él volviera de esa ausencia, se encontrara con un cuerpo de música. El mío.

Ahora estás encerrada y lo difícil es que no logras sorprenderte. El ojo de fango es tu causa. Su complicidad y sus crueldades aúllan contra tus resguardos de agua.

Ya puedo amarlo con su gozo y su timbre. Suavemente y con pupilas de perdiz, mi amante se ha convertido en un pececillo. Me habita en el agua, con la misma facilidad que yo le pregunto por el sabor de los naranjos. Ya sabe de la belleza por dentro. Y con miradas de azogue nos encontramos para soportar los truenos que oscurecen las selvas.

Una mujer no decide ser mujer de agua. Si así fuera, traicionará a las mareas, a los vientos, a los animales. La mujer se transforma cuando se destierra de asombros. Cuando con dulce silbo anuncia su humedad.

Primero, se lleva tu dormir tranquilo. Después, los amigos que salen del agua. El ojo de fango levanta la cabeza y su figura rodante comienza a dar algunos pasos alrededor de tu cuerpo. Ya no eres invisible.

Cuando mi amante llega goloso, mojado más que mi propio musgo, lo miro y no me desespero. No digo que no me siento mujer de agua sitiada, es cuando más lo siento. Pero hago de Dios en ese momento. Y con mis dedos voy dibujando picualas, laureles y cervatillos. Mi amante hace como la luz, ya me conoce tanto, que divide su alma en dos desnudas llamas: una para mi cuerpo, otra para mi espíritu. Entonces, la lluvia, los mares y los ríos se arrancan sus aguas y comienza un desdoble de añoranza.

Tiemblo estremecida de tanta humedad, me miro en los espejos y solo veo pétalos. Mi amante se regala un destello cuando abraza mi talle y le digo: envuélveme, elígeme. La voz del arcángel ha perfumado el agua. Y mi amante, que ya ha aprendido a ser un vencedor húmedo, silba vigorosamente. Apoya sus dedos en mi frente y pronuncia con música la palabra flor.

Y con estaciones nos aligeramos el cuerpo. Y con destellos y con encinares alcanzamos algo que muchos ignoran: el rumor. Un rumor adolescente y perfumado de madera.

En este momento no hay refugio, no hay claridad. La música es pálida y los virus comienzan a invadir las aguas. El ojo de fango no acepta bromas, pero se ríe del dolor que causa.

Pero existió una mujer malvada. Una mujer enamorada de mi amante. Porque un hombre de agua no se consigue así de fácil. Y cantaba con su belleza dentro. Ese era su error.

La realidad es que no puedes controlar tu sensibilidad y, llena de delirio, dejas que el ojo de fango pasee su mirada sobre todas tus esperas. Esto acarrea que tu amante de agua se convierta en un hombre distinto. Se despierta a latigazos, remata su cuerpo con lástima. Deja sus espacios sin acontecimiento.

No sé si hoy se avergüenza de sus pérdidas en el intento. Pero me desafió con sus padecimientos. Inútil y sin humedad, sorda en su existencia pintó las paredes con señas. Con una aguja aceitada, le marcaba los zapatos a mi amante, después, con su anillo de serpiente le hacía una cicatriz en el rostro. Pero yo, como mujer de agua, besaba su cicatriz y lloraba con una hoja de acacia debajo de mis párpados.

Estuve triste, porque mi amante, aunque sea de agua, es hombre. Y un hombre siempre conoce el índice que lo lleva a los burdeles, aunque después se diga extraviado, hipnótico, mal hombre. Solo una mujer de agua sabe enfrentar estos desamparos que los hombres, así sean de agua, padecen o aparentan. Hay que aprender, en ese momento, a decirles: fascíname, cántame. Y alumbrarlo. Sobre todo, alumbrarlo. No darle penitencias, porque esto vestiría de mudo al amor.

Has añorado el mundo onírico para cobijar tus sentencias. Pero comprendes que todo está previsto. El ojo de fango es igual que la mujer enamorada, ocurre sin proyección.

Mi amante, con sus párpados sellados, continuaba detrás de la mujer enamorada. Un día, hizo perfumar todos sus encinares. Y anunció la primavera clausurando todas las espigas. La mujer enamorada no recibía, en absoluto, aquella luz y prolongaba su belleza por dentro. Su pubis era su única alma. Lo sembraba como una raíz en la tierra de mi amante. Nunca supo salvar su dignidad con rumor. Y mi amante, con su ala de vuelo húmedo, se empeñó aún más y se hizo una armadura para no escuchar.

Después de épocas, mi amante de agua despertó con una vela apagada en su pecho. Las alas frías de la mujer enamorada estaban a su lado. Y se levantó de la cama con un éxtasis distinto. Una humedad arañaba su espíritu.

El miedo cuelga de tu cuello a toda hora. Es la esencia de las manifestaciones, pues el peregrinaje del ojo de fango causa una dimensión extraordinaria en ti. Y buscas por toda la costa un caracol bien grande, y lo repletas de fango, aceptando compartir los valores con el ojo de fango. Lo colocas en la entrada de tu puerta.

Muchas veces pensé llamar a la mujer enamorada, prostituta, altiva... pero una mujer de agua, si de verdad se siente de agua, no encarcela su espíritu con esos vuelos de soldados, ni se adentra en las tinieblas con sus lámparas apagadas. Una mujer de agua debe mantenerse flamante. Mucho más si está consciente que ha hecho de su amante un verdadero hombre de agua.

Para liberar mi secreto, porque esto es fundamental para no sentir miedo, busqué a mi amiga. Una mujer de agua, tal o más que yo. Mi amiga, con sus manos en las entrañas, escuchó todas mis almas (una mujer de agua debe tener muchas almas para sostener los latidos). Mi amiga podía cubrirme para que la soledad no siguiera volando en mis contornos.

Vuélvete de frente, me dijo.

He pensado mucho esta expresión. Y no sé hasta qué punto tenga validez. Pero algo hay de cierto, no puedo negarme. No puedo ser imperativa. Soy una mujer de agua, por tanto, no debo ofender a la humedad. Debo domesticar, como bien dijo mi amiga, la cordura. Captar lo divino, para que mi amante hable conmigo de sus emociones, de sus principios, y de sus resonancias con la mujer enamorada.

Cuando el ojo de fango aparece, te sientes diferente, como si las pausas de tu cuerpo fueran los siglos del milenio. Tu amiga de agua traslada su mundo, cuando comprueba que el ojo de fango es tu infinidad. Se cobija dentro de sus propios lamentos y oculta sus sentencias. Pero tú ya no puedes hacer como tu amiga de agua. El largo rumor del ojo de fango conspira contra ti. Es un asesino romántico. Amén de un preludio a tus mensajes.

Debo ser más mujer de agua que nunca, ahora que mi amiga habla de la fina arquitectura del espíritu y llama al mundo poeta, y al hombre de agua, rosario. Mi vista debe ignorar la fuga de mi amante y solo buscar la luz de su tacto. Decir: soy un poema donde mi amante bebe y se alimenta.

Mi amiga de agua no duda de mí. La esencia que visto se lo aprueba. Por eso, cuando su ojo de luna frecuenta mis espejos, encuentra en ellos fidelidad. Esto es muy importante para las amigas de agua.

Tienes miedo y se lo has dicho a tu amante y a tu amiga de agua. El ojo de fango es capaz de convertir tu sombra en la de un animal sin párpados. Y cierras los ojos para no ver la dentellada que te puede ocasionar.

Las amigas de agua no abundan. Es en la diana de los cantos donde uno encuentra su humedad. El árbol de una amiga de agua florece cuando uno, como amiga de agua que es, abre su desnudez al hilillo que recorre sus raíces. Y entonces es que boga el canto y la luz.

Ante una amiga de agua hay que despersonalizarse. Porque los poderes, los egoísmos y las ambiciones se encuentran desacompasados en esta situación. Los desdobles no cuentan en absoluto. Es inaudito para dos amigas de agua, una gesta guerrera.

Estás sumisa al ojo de fango, y no te importan los compromisos morales. Esos compromisos que conmueven al más duro de los cimientos humanos. Todo lo ves a partir de la situación límite de la mujer de agua obligada, forzada, arrojada a la materia. Ya no cantas, eres indiferente. Solo te preocupa el caracol del ojo de fango.

Cuando encontré con mucho esfuerzo, no digo que no, a mi amiga de agua, cubrí su cuerpo con un tapiz. Ella me dijo: hay que repartir las aguas para que su lumbre sea más húmeda. Nuevamente, dejé descubierto su cuerpo. Entonces, sentimos un éter distinto. Una sensación especial.

Dios se desdobla inocente y verdadero, lleno de lamento y pena. Pero tú no escuchas a Dios porque eres una mujer de agua proyectándose más allá de lo perenne. Siempre miras al ojo de fango, y cuando notas que sus pestañas están en eclipse, le enciendes una varita de incienso en su iris.

II

Los hombres que no son de agua tienen sueños terribles. Son visionarios inmutables. A mí me ha costado mucho esfuerzo acostumbrarme a sus árboles, a sus tierras, a sus siglos. Pero he tenido que doblegarme, pues todos no podemos ser de agua. Y al convivir con estos hombres de tierra, me he sentido encadenada a sus amargas inquietudes, a sus mitos carnales, a sus inmutables desnudos, a sus sexos primitivos.

Pero cuando notas que el ojo de fango no está, te conviertes en una nostálgica y sales corriendo para la costa. Porque allí sabes que se alimenta. Y aunque encuentres a tu paso a muchas mujeres de agua que te aconsejan que regreses, sigues en tu carrera porque no admites una separación. Solo deseas, no sin miedo, sus diálogos y su concierto castrado.

No me estoy negando ante la ley humana, pero cuando uno conversa con un hombre de tierra, nos parece que estamos masticando tristezas. Y es que viven aplastándose sus propios triunfos.

En mi templo, el hombre de tierra se presenta con venganza. Entonces es que viajo a mis noches místicas y logro así dominar todas las montañas que trae encima. Por supuesto, que él desconoce mi milagro bíblico y sigue, con sus paganas barbaries, desechando sus entrañas.

La calidad del juego del ojo de fango se exalta cuando llega a tu cuerpo de agua, asumiendo seducciones y fuerzas escénicas desconocidas para ti. Entonces, aletargada y sin contar con tu amante de agua, buscas en esa exaltación un reflejo de la realidad y te resulta agradable la violación que logra.

En más de una ocasión, he tratado, con mucha serenidad, de convertir a un hombre de tierra en un hombre de agua. Pero esto no es un sueño que se contempla y después se realiza. Algunos han logrado ver otra visión y, hasta cierto punto, se han perfumado de humedad. Los he sentido mirar hacia los ópalos que respiran en mi puerta y he estado tentada de humedecerlos más, pero hay que darles tiempo para que conozcan que el sol no es un dragón que calienta sus martirios.

Tu mirada es acuosa, con capacidad sobrehumana para reconciliarte con el lamento. Tienes diferentes enfoques. Y existe algo que te coloca en el olvido, como si estuvieras corrompida espiritualmente.

Es como la inercia del espíritu, hay que dejarlos que fluyan, que sufran sus violencias. Que sientan sus propios gritos desolados. Y ya cuando nadie les responda, cuando ya crean en los nudos sin respuestas, comiencen solos, y por su propia voluntad, a rogar por el agua.

La fiereza circunda tu cuerpo. Ya no te observas los pezones en los espejos árabes. Tus pezones hoy se han enfangado tanto, que se han colmado de retadores. Y tu sonrisa de mujer de agua se ha quemado en la debilidad de la madera.

Ojalá el futuro me depare lo inmensurable. Pues desearía despertar al soñador que tiene el hombre de tierra en sus entrañas. Sé que puedo llegar al placer de la ascensión. Y aunque hoy sean muy pocos los que respondan y aunque tenga que seguir con ellos como materia inactiva, quizás, mañana los árboles le guarden la sorpresa a Dios de estar existiendo sin agua.

Ahora es verdad que estoy un poco triste, pero tengo una sonrisa escondida en mi vientre. Y pregunto al cielo si tener un niño de agua puede quitar la vigilia. Y el cielo, siempre tan humedecido, me ha contestado que el hijo de agua es la fiesta que eliminará la ausencia.

No te limitas, ya no te cuentas las pestañas ni haces los retratos visuales de dignidad, porque el ojo de fango afila, una y cientos de veces, sus estrategias para ti.

Con mi alma invariable, segura de mi rumor y de mis aguas, me he sentado a esperar que mi amante encuentre las quemadas carnes de la mujer enamorada. Que encuentre las canciones inútiles, que encuentre el agua turbulenta en su rumor. Y mientras todo esto suceda, voy a seguir como la paz. Esperando las dos desnudas llamas de mi amante.

Alguien tiene tu lenguaje, tu puesta de sol. Tú eres la mujer de un guerrero de agua. No vendas tus manos, no vendas tu sosiego. Descifra esta extraña maldición antes que Dios se ahogue en las aguas infieles de un hijo de fango.

III

Un puente estático. Sujeto a su curvatura. Indiferente para algunos. No para mujer de agua que se ha quedado detenida sobre él, mirando con madurez las aguas de la bahía. Su sombrero fucsia inclinado, buscando, quizás, el equilibrio de la mirada. Sus manos cerradas en un puño duro e inflexible.

El ojo de fango tan estático como el puente. Dispuesto al reconocimiento del cuerpo de mujer de agua. Con algarabía en sus contornos, apoya su perfil en el sombrero fucsia, el viento le responde haciendo temblar ligeramente el sombrero.

Mujer de agua no ha envejecido. Una llovizna se encuentra atada a su cintura. Sus manos húmedas aún se contraen con los puños cerrados. En su pecho cuelga la semilla de anís que el ojo de fango le trajo de la montaña. Ya mujer de agua no siente miedo, se lo ha contado en secreto a su amiga de agua. Pero esta no la ha escuchado porque está cubierta con su tapiz.

El sol incide en el tobillo izquierdo de mujer de agua. Lo calienta. El ojo de fango se contrae cuando siente la tibieza del pie. El sombrero fucsia sigue inclinado. Ahora, buscando con su inclinación la manada de cervatillos que corren sobre el puente, con ramas de laurel sobre sus cuerpos.

El ojo de fango es muy astuto. Y para exaltar más la tibieza del pie de mujer de agua, toma una rama de laurel y la anuda en su tobillo. El ojo de fango quiere desnudarla, pero con estrategias. No le interesa pisotear las manzanas que tienen las aceras del puente, ni le interesa desnudar a un cervatillo de sus laureles. Su estrategia es buscar el desnudo de mujer de agua, aunque la semilla de anís se rompa y caiga al agua. Aunque el sombrero fucsia deje a un lado su inclinación y busque otra posición menos adecuada.

Mujer de agua se inhibe y acaricia las pestañas del ojo de fango, con el dorso de la mano. Entonces, se descalza el capricho, después se desnuda el egoísmo. El ojo de fango sumerge dos caracoles en el vórtice del ombligo de mujer de agua. La curvatura del puente se mece al compás de la húmeda bahía. El sol declina, ahora tenuemente, sobre el sombrero fucsia que ha caído sobre las manzanas. La semilla de anís se humedece expandiendo su olor.

Dios se ahoga en aguas infieles. Mujer de agua abre las manos y una lluvia de rumor dibuja la superficie de la bahía. Los cervatillos regresan con los cuerpos desnudos.

Sobre el puente, varias ramas de laurel cobijan dos desnudas llamas, gemelas húmedas de fango. Cuando esto sucede, la tierra recela. Entonces, no todo está conforme. No todo es preciso.

INDICE

Otros títulos del Catálogo Yulunkela

CAAW Ediciones

A Gabriel no lo mató la luna
Idania Bacallao Iturria

Los cinco anillos de poder. Mártir, puta, bruja, santa y virgen
Silvia Mansilla Manrique

2016
caawincmiami@gmail.com
http://www.cubanartistsaroundworld.com

www.ingramcontent.com/pod-product-compliance
Lightning Source LLC
Chambersburg PA
CBHW030540180626
46810CB00005B/1954